정현종

어디선가
눈물은
발원하여

どこかで
涙が
湧き出でて

港の人

徐載坤《ス・ゼコン》・林陽子＝訳
青木由弥子＝監修
鄭玄宗《ジョン・ヒョンジョン》

どこかで涙が湧き出でて

本出版にあたり、韓国の「大山（テサン）文化財団」より
助成をいただきました。記して謝意を表します。

目次

どこかで涙が湧き出でて

本文中、＊は原書に付してあった注、＊＊は本書の訳注です。

どこかで涙が湧き出でて

序　文

私の詩が日本語に訳され、日本人の読者と出会えることを、うれしく思います。作品が外国語に翻訳されて外国の読者と出会うのは新鮮な出来事であります。馴染みのない言語は新しい世界であり、初対面の読者は未踏の境地に入るような精神の拡張であるからです。

人類はいままで翻訳を通じて精神と感情を豊かにしてきましたが、その知的・情緒的経験は、ご存じの通り、私たちの大きな楽しみでありました。

人類は昔から文学、哲学、宗教分野の古典を翻訳によって読んできました。私も、リルケ、ネルーダ、ロルカのような詩人たちの詩を英訳で読んでは好きになり、韓国語に翻訳もしました。そうする中で、翻訳ということについて考えてみました。私のエッセイ集『重厚な人生の為に』に収録されている「文学的共同体」という文章の一部を紹介します。

　すべての作品は翻訳を通じて人類の共同財産になりますが、〈私〉は人類という大海に浸され、匿名性の中に消えながら、全地球的な精神・情緒の地層、または意識・無意識の地層を作ると言えるでしょう。

その過程で起きる出来事が霊的交流であり、感動の木霊の反響の中でお互いを聞く心の共同体といえますが、それは目に見えない、身体や暮らしの隔たりを超えて存在する磁場であり、魂の大気と言えます。いわば、そのような動きはいつも風のようなささやきの空間、実態よりもっと強力な影の空間を作り出すのです。／（中略）／政治、経済、宗教、人種的葛藤による戦争と暴力が絶えないこの世界で、人類社会の構成員たちが互いに違う文化と生き方を知る機会が多ければ多いほど好ましいと言えますが、他の芸術とともに、ある国の最も高い精神的な表現であり、感性の彩である文学作品の翻訳による交流がより活発になればなるほど喜ばしいことと思います。さらに、文学を形づくる言語は〈支配〉しようとする意志から最も遠い非抑圧的な言語ですから、人類社会の平和と幸福、そして情のこもった美しい共感によって成り立つ文学的共同体を作るため、文学作品の翻訳の意義は一番大きいと言えます。

翻訳はお客様をもてなすことであり、そのようなおもてなしは人類社会の雰囲気を明るく盛り立てるのに役に立つでしょう。

翻訳の労を執ってくださった徐載坤《ス・ゼコン》教授と、林陽子教授に感謝します。楽しい仕事であったことを祈りながら。

二〇二四年五月

鄭玄宗《ジョン・ヒョンジョン》

1

事物の夢

君は星なのか

——詩人のために

空の星のように　たくさんの星の中で
浜の砂のように　たくさんの砂の中で
きらめくものは　ただひたすらきらめき
孤独なものは　どこまでも孤独なのだが
君という星のきらめく肌の内側へ歩み入り
「僕は輝く」と歌える時まで

待とう
砂漠の上に浮かんでいる君の肉体が
巨大な夜になり、砂となり
砂の肌に吹きわたる風になるまで
己の偽りを愛する方法を練習しよう
己の偽りが見えなくなるまで。

図々しい物質

無数の物質が白々しくさらけ出している
物質が図々しく鮮明に記憶している
死。
私の耳に明るく届き
目に入ってはめまぐるしく流れる
物質のうねりゆく果てのない迷路。
なにごとも慕うまいと努力する
白々しく、かつ図々しい物質よ！

事物の夢　1

――木の夢

葉の上に流れおちる日差しと口づけし
木は自身の力を夢見る
降り注ぐ雨に頬ずりしつつ木は
うめき声をあげ　彼の血を夢見る
枝に吹きつける風の青い力で木は
自分の生が揺れる音を聞く。

2

私は星のおじさん

なんと哀れな

詩を書いたなら
ただそれを地面に埋めておくか
空に埋めておけばいいのに
いそいそと発表している
あわれな私
隠れても粗末な裾《すそ》が見えてしまう

苦痛の祝祭　2

瞬きする星の明かりよ
射手座の、このタバコの火のハーモニーを見よ
シュプレヒコールの闇の中の
道が私たちの暗号のリズム！
空は鳥たちに明け渡し
私は下へ下へと飛び上がる
　快楽は肉体を縛り
　苦痛は魂を縛る*

時間の根を抜こうとしたのに
自分の根が抜かれるあわれな私たち

酒は私たちの精神の
華やかな形容詞
それぞれの瞳が深く
故郷を想う歌で潤んでいる
　快楽は肉体を縛り
　苦痛は魂を縛る

どんな力が私たちを生かすかって？
心のさまざまな力！
アリラン、アリランの晴れた空は
今日もすすり泣くがごとき青さ
数多の星が憂いをたたえ
弱気な魂が物乞いのように漂う
　快楽は肉体を縛り
　苦痛は魂を縛る

体よりも影が重く
うなだれて道を行く
血には塩、涙には砂糖をふりかけて
世間のことを歌う
この世で最も寂しいことは
人を愛すること
　快楽は肉体を縛り
　苦痛は魂を縛る

＊リフレインは、ウナムーノ『生の悲劇的感情』から。

落ちて跳ねるボールのように

そう、生きるんだ
君も僕もボールとなり
落ちて跳ねるボールとなり

生きるのだ
倒れようのない丸い
ボールのように、弾力の国の
王子のように

ふわりと浮き上がるんだ
いつでも動けるこの形
丸いボールとなり

そうさ、最高だ
今の君の姿のように
落ちて飛び跳ねるボール
倒れようのないボールとなり

島

人と人との間には島がある
その島に行きたい

3 落ちて跳ねるボールのように

緑の喜び

――春の森で

太陽はゆらりとうねる光となって
降りてきて
収まりきらない光が溢れだす
あらゆる緑、あらゆる花の
王冠になり
自分の王冠である緑と花に
笑いかける、比喩の父のように
緑の泉のように
精一杯青く広がりながら笑う
空全体がただ
喜びであり神殿だ

太陽よ、青い空よ、
その光に、その空気に
酔いしれ、満々と揺れる、自分の樹液に興じ、
空中に浮く水である
木枝の緑の喜びよ

土は、そして深いところで
香り高い大きな瞳を転がして
そっと、目くばせしつつ
にこやかに笑う
おお、この香り
にこやかに笑う土の香り
僕の鼻先に滴ってくる
空の、香り
木々の香り！

虫の瞳のような

丸い喜びひとつ
　心の輝き
丸い悲しみひとつ
　心の輝き
転がしたり投げたり弾《はじ》いたりしながら遊ぶ
私の壮大な遊び

こんなにも深い

　悲しみの金剛石
歌とともに
　喜びの金剛石
地球のようで、血球のような
草の葉のようで、虫の瞳のような
丸い悲しみ
丸い喜び

月と太陽をも巡らせる愛が

一人の娘が自分の目の中で
私を見つめる

私は男になったり
風景になったりくるくると入れかわる

男の時、私は
馬の蹄の音を鳴らし

風景の時、私は
ただ一本の木のようだ

月と太陽をも巡らせる愛が
私たちの瞳も巡らせる

一人の男が自分の目の中で
娘を見つめる

感嘆符

木の隣に感嘆符ひとつ植えて
花の隣に感嘆符ひとつ咲かせて
鳥のさえずりに感嘆符を転がして
女の隣に感嘆符ひとつ脱がせて

悲しみの隣には感嘆符ひとつ泣かせて
喜びの隣には感嘆符ひとつ笑わせて
私は逆さまの感嘆符になって
腕を振って歩いていこう

4
愛する時間が足りない

すべての瞬間がつぼみだった

僕は時々後悔する
あの時、あの出来事は
無限の宝物の源泉だったかもしれない……
あの時、あの人は
あの時、あれは
無限の宝物の源泉だったかもしれない……
もっと心をこめて掘り下げて
もっと心をこめて話しかけて
もっと心をこめて耳を傾けて

もっと心をこめて愛せばよかった……

話せない人のように
聞こえない人のように
やり過ごしてはいなかっただろうか
ぼんやり突っ立って……
もっと熱心に、その瞬間を
愛せばよかった……

すべての瞬間がみな
つぼみだったのに、
僕の熱意によって咲く
つぼみだったのに！

懐

どうすれば
雨に濡れそぼつ木々のように
抱きしめてもらえるだろうか。
雨はどこにあり
木はどこにあるのか。
雨と木がつくる懐《ふところ》ははたして
どこにあるのだろうか。

自己欺瞞

自己欺瞞はどれほど美しいか
自己欺瞞はどれほど善良か
自己欺瞞はどれほど真実か
自己欺瞞はどれほど永遠か
本当に美しく
　善良で
　真実で
　永遠の
自己欺瞞
それを避けられない人生よ。

太陽から飛んで降りてきました

芽が出て
花が咲きました
私は膨らんで膨らんで、ついに
太陽から飛んで降りてきました
飛んで降りてきました
太陽から
（生命の喜び？）
月に空気を入れ、浮かばせて

地表にも空気を吹き込み、その
弾む大地で微笑みました

今すべきことは一つ
花の中にすっぽり飛び込むこと
そして
そこに入っている太陽たちを
投げて飛ばします
香り高く、赤く、青く

ふるさとの小学校

ああ、ふるさとの小学校、
その光景が私を包みこむ。
その懐に
私は抱かれる、
抱かれて、また抱かれる

（世界中の
ここにだけある）

神聖なる平和よ

時間の花よ

夢見るこだまよ

揺らぐことのない清潔さよ

宇宙の神聖への収斂よ

世界の密林のかげろうすべてを
豆粒ほどの丸薬に圧縮しても
足りないほどの密度の
生々しい宇宙の息吹よ
(いくら言い表そうとしても
如何なる言葉でも
そのみずみずしい空気の兆しには
頬ずりさえできない)

ああ、ふるさとの小学校！

この鍵で

外でふと
家の鍵を見る
これは誰の家の鍵か
この鍵をどうしたらよいのだろう
(鍵には……みな……何か……財が……伴っているなんて……
私たちを……閉じ込める……鍵たち……)

実のところ
この鍵で私は
木を開けたい
梯子のようなものを開けて
例えば川のようなものを開けたい

この鍵で
私たちの本然の貧しさ
時間の裸体を開けて
道を開けて
ああ、野原を開けて
（野原を開ける手が見えるでしょう？）
虚空を開けて……

雷を讃える歌

夏の日の、あの
天地を引き裂かんばかりに唸る雷がなかったなら
どうやって人はその心と体を
洗っただろうか、
洗って
実にすっきりとなるまで洗い尽くして、そして
束の間、空気のように軽くなり
風のように動き
すべてが暁の空のようだ

雷よ
お前の音の臍の緒は

私たちをみな新生児のように笑わせる
地上のどんなものも、これまで
お前の音のように澄んだ血と
お前の音のように高貴な食べ物を
私たちにくれたことはない
いかなる理念も、書物も
いかなる勝利も、陶酔も
たとえどのようなものであろうとも
宇宙の内臓をまき散らすお前の
音の筋肉が授ける
世界の誕生を妨げることはできないし
お前のたどる道
その眩しさは誰もが否定できない

雷よ、仮に
私の頭と肋骨の中で唸ったり

静まったりする私の雷は
始めと終わりを恐れないお前のように
天地を走ることはできないが、それでも
墓を掘り返すことをやめて
臭気を放つ組織を脱して
中途半端な態度と煮え切らない
誠意なき行動に一撃を加える
仮に、昨日、私に「先生
この頃、いかがお過ごしですか」と
漂う花が根を下ろすような
とぼけた声の
女子学生の
青みがかった粉をふいた葡萄粒のような瞳が
ひたむきに成しとげようとしているのだが、

否応なく危険にさらされる真実よ

死と張り合うその裸体よ、それだけに
憔悴しきっているが、しかし詩とともに
私の錬金術は始終熱を帯び
異常なビビンバ、私の歌と人生の
主調として流れておくれ、雷よ
貧しい煩悩の口が裂けるほどに
唸る涅槃よ

お前の音はすでにその中で
こだまも巡っているので
この新生児を見ておくれ、まる裸の雷
お前の音のような澄んだ血と
お前の音のような高貴な食べ物を食みつつ
お前の辿る道の眩しさ
それは現実か幻か、ゴロゴロ……

夜道のバス

遠くに見える
夜の田舎道を行くバス。

バスの中は明るい。

乗客たちがぼんやりと見える
遠く煌々と通り過ぎる
田舎の夜道のバス。

そのまま空へ押し上げたい
一番明るい太陽のように。

君は誰なの

君を見れば酔う
血と期待に酔い
その色香に、そのかげろうに
酔うのに、不思議にも
まったくのんきな
君は誰なの

君は空気を吹き込む
地面と道路に空気を吹き込んで

心臓と足裏に
それがかきわけて行く時間に
空気を吹き込む
君はあふれる現在
君は誰なの

（法を犯さないことを願うことこそ猥褻《わいせつ》だ
慣習にもたれかかった自己欺瞞こそ猥褻だ）
あの自然を見よ
あの揺らめく恍惚を見よ
INNOCENCE
君はあふれる現在
君は誰なの

ものさし

鳥は飛び回るものさし
木は立っているものさし
魚は泳ぐものさしだ
この世の万物の中で、実に
ものさしでないものがどこにあるだろう
虫は這うものさし
獣は毛の生えたものさし
水は流れるものさしだ

自らものさしであることを知らないから
真にいいものさしだ
自らは測れないので
儚いものさしだ
人工物はものさしになれない
(みな人工物をものさしにして
自らを測るというのだ)
自然だけがものさしだ
人よ、あなたがもし自然であるならば
日常を測りなさい

愛する時間が足りない

愛する時間が足りない
子供がプラスチックの楽器をプープーと吹いている
おばさんの袋の中に入っているネギがその中で
すくすくと育っている
お爺さんがバスに乗ろうと走って来る
どういうわけか、二人の娘が
バラを二本、三本持って歩く
枯れない花たちよ
おばさんの栗の袋、ビニールの
袋で栗の花がまた、欲しいままに咲く

5

一輪の花房

道の神秘

眺めれば、野山の麓を巡り
谷を越えてどこかへ（！）
消え去る道、私のため息よ
吸い込む、お前たちは、私を、
果てしなく、
野山の麓を巡り
谷を
越え
どこかへ
消え去る
道たち、眺めながら
私は果てしなく刺激され

体が熱くなり
胸がひりひりして
腸がむずむずする
そのような道、ああ
漏らされた神秘、
数多くの気をそそる
世界たちとつながる臍の緒、
越えてゆけば、そこは
新たに生まれる（！）村、
開かれる空間、
隠れた息遣い、
洗ったような顔。
麓を巡り、娘の
股ぐらのような谷へと越えて
常に発情している道、
私の性欲よ、

乗り越えて消え去ったのに（！）
ついに見える私たちの
憧れの泉、
願望の根、
冒険の宝島――

遠くへ遠くへ行く私のため息
道よ
漏らされた神秘よ。

葦の花

山のふもとの田舎道を歩いた
田んぼの用水路に沿って。
この秋の光を耐え忍ぶために
ため息が漏《も》れても、肺は膨らんでいるが
向こうの葦の花がきらきらと輝いていて
惹かれて覗いてみる、おお！
光の糸だ、もしそれが
世界で一番明るく透明で
心をくっきりと映し出すのなら……

あの葦の花が今どこかへ
消え去ろうとしている

気球の形をして、
虚空に散らばってどこかへ
無情に輝き、
とても明るく透明で寂しさもなく
ただ秋の実りである葦の花たちの
狂気の光を地上に残して。

素晴らしい風景

晩冬の雪の日
気温は高く雪は柔らか
新しい肌に包まれたような森の中へ
恋人どうしの足跡がのぼっていき
渓谷全体に息を吹き入れ
栗の木にもたれて、愛し合ったので
今年の春はいつもより早く来て、その栗の木は
数日かけて開花するはずだったのに、うっかり
一日ですべて咲かせて立っていました。

明るいのです

明るいのです
柿の木に柿が、
赤い火花が、
数えきれないほどの灯をともし
世界全体が明るいのです。
この日の光、あの日の光
みな合わせても
あんなに明るいでしょうか。

霜が降り、冬が来ても
とらないで置いておきます。
豊かです。
世界全体が満ち足りています。
カササギもカラスもお腹いっぱいです。
私の心もあの
柿の木に走り寄り
明るく明るく開いていきます。

青天の霹靂

夏の日の午後、臨月の腹の丸い女が、口をぽかんと開けて、三脚つきカメラを持っている夫の手を握り、歩いてくる、ああ、
青天の霹靂だ。
（その絵がどうして
その瞬間どうして
青天の霹靂だったのか――とにかく）
そうやって歩いて来る。そして、カメラはその光景を無限にコピーする
カシャ　カシャ　カシャ　カシャ　カシャ　カシャ　カシャ……
夏の日の午後
ひたすら革命的な空間、木陰を通り過ぎ

日常から逃れるために、新茶を買いに
死んだ道、アスファルトの道を歩いていく、ああ、
そんな青天の霹靂——
（再生）
臨月の腹の丸い女が、口をぽかんと開けて、三脚つきカメラを持っている
　夫の手を握り、歩いてくる、
満ち溢れる倦怠——
退屈が退屈を作り上げ
複写が複写を作り上げ
コピーがコピーを作り上げ
コピーが退屈を作り上げ
退屈がコピーを作り上げ
飽満なる、飽満な
弾ける——青天の霹靂！

ひとさじの土の中に

ひとさじの土の中に
微生物が一億五千万匹いるって！
だってそうだろう、ひとさじの土、
三千大千世界がそこにあるのだから！

わかった、私がたまに蟻を踏んで土の道を通る時
足の裏に伝わるとてつもないその弾力は
数十億匹の微生物が押し上げる
まさにその力だったのだ！

一輪の花房

廊下で
見事に美しい女の脚を見て
坂道を下りながら、じっくり
その脚のことを考えていると
向こうから来た同僚が確信に満ちた
筋肉質の声で私に話しかける
「詩想に耽っていらっしゃるのですね！」
私は笑いながら通り過ぎ
また考えに浸る
はっ、的を射ている！
我が故郷、あの原風景が見える
歩き回る覗き窓である、あの肌の輝きが

ふいごで風を送り育てた精気の
渦がついに咲かせる素肌
一輪の花房、詩を予感する……

ライオンの顔の上のカタツムリ

太平洋の海霧の群れが押し寄せていた。
カリフォルニアの海岸のとある美術館の前。夜。
灯りを点けて目を凝らし、見えるものたちを蘇らせた。
大理石のライオン二頭が厳然と座っていた。
けれど、ほら、頰の上に
ライオンの頰の上にカタツムリが一匹いた！
物活**、物活、流れゆく海霧の中で
（悲劇のピエロのように）カタツムリはまさに
ライオンを笑顔にしていた。
カタツムリ自身は全身で笑いながら
笑わないライオンを笑わせていた。
ライオンは滑稽なライオンに生まれ変わった。

（そうでなければ、ライオンはいつ
何事にも動じない猛獣でなくなるのか。
如何にして我々との距離が一気に縮まるのか。）
ライオンの頬の上でカタツムリは
とにかく、そんな威厳ある役割を果たしていた。

＊＊物活論《ぶっかつ》：すべての物質はそれ自体に生命を有するとみなす古代ギリシャ哲学の自然観。

木の皮を讃える歌

たたずむ木の
樹皮
お前たちを見ると私は
触ってみたくて
手のひらでお前に
触れたりもする。
それだけでも私は
お前たちと体温が通じ
息が通じ
私の体にもふいに
樹液が湧きあがる。
耐えに耐えてきた

お前たちの皮が包んでいるものは
何か。
年齢と歳月、
(何者が石を投げたのか、波紋のように
広がった年齢)
肉と血、
風と日差し、
息遣い、
鳥たちの夢、
獣の隠遁と欲望、
昆虫たち——
角と目、そして
孤独、
小川の音、
花たちの秘密、
その温もり

深夜にもまた
樹皮に包まれている。
雷も星灯りも
石も火花も。

6

世の中の木々

染みこめ、影

ある夏の夜、智異山《ジリ》の秋城《チュソン》渓谷の民宿の庭に灯された明るい電灯にくっきりと照らし出された、山道を作るために切り出された山の土壁に映る自分の巨大な影に驚いたことがある。
一瞬、その影は土壁に埋めこまれた化石であった、そうして、法悦だった、少しめまいを覚えながら、僕は化石になった自分の影の奥深くに入り込んだ。そうしつつ
心の中でひそかに叫んだ——染みこめ、影！

（電灯にはさまざまな蛾や昆虫が群がっていた）
（深山の真夜中の電灯の灯りに、切られた山の土壁にくっきりと映る、拡
大されて巨大になった、影の圧倒は一度体験するがいい）
（香ぐわしい無、その他）

夢だったのか……化石の影……

空の火炎

太陽観測人工衛星が撮った太陽を見る。途方もない火炎の嵐に巻かれている。
X線の放出だという。(火の玉だとはわかっていたが、あんなにはっきりと
した炎の渦は初めて見る。)

私の体の放射能も血も熱を上げて渦を巻く。
(三生**がみなそうであるように、
私たちがみな土で、水であるように、
私たちはまた常に熱ではないか)

無限のエネルギー
空の火炎よ

お前は木と花と
種と血球の、
その丸い火花のハーモニーに再び
包まれて
お前を包む私の歌の渦も
人工衛星は撮るべきだ

燃え立つ丸い鏡よ
私に引火し
私の中で
回転する火炎よ

＊＊三生：仏教でいう前生・今生・後生のこと。

雲の種

海に住む植物性プランクトン、エミリアニア・ハクスレイ Emiliania Huxleyi は二酸化炭素を吸収する能力が優れているだけでなく、雲の粒子の核となる硫化ジメチルを作り出す能力に優れていて、生物界の最も重要な構成員の一つだ。

雲の種
さらにその源
エミリアニア・ハクスレイ、
毛糸で編まれたボールの形に
クレーター状のたくさんのへこみ
エミリー嬢を
ほらほら、殺さないでください、

海が壊れて
エミリー嬢が死ねば
雲もなく雨も降らないのですから。

生物学も気象学も
海洋物理学も地球化学も
どれもよく知らない私が以前に
肉となり血となる雲を
歌ったのは、突飛なことではなかったのです。
雲は実に私たちの肉の種
私たちの血の種なのですから。

地上の生き物、
かつては気体で
また固体であったけれど
液体でもある私たち、

その終わりのない時間の中で
私たちはプランクトンではないのでしょうか。
草ではないのでしょうか。
雲ではないのでしょうか。
エミリー嬢なくして雲がないように
雲なくして私がいるでしょうか？
雲を殺さないでください
死んだ雲は死んだ私たち
死んだ雲は死んだ空
死んだ空は死んだ地……

露

川を見て、私たちの血を
風を見て、私たちの息を
土を見て、私たちの肉を。

雲を見て、私たちの哲学を
木を見て、私たちの詩を
鳥を見て、私たちの夢を。

ああ、昆虫たちを見て、私たちの孤独を
地平線を見て、私たちの郷愁を
花たちの三昧《ざんまい》を、私たちの喜びを。

どこに行くの、誰の体の中に?
胸が高鳴る、誰の息の中に?
開く、あの道、あの道の無限——

木は雲を産み、雲は
川を産み、川は鳥たちを産み
鳥たちは風を産み、風は
木を産み……
開く、冷たく青い、あの道
酔う、めまいがする、あの道の渦巻き
その息遣い、その水路、一筋の血管……

その道の大きな蜘蛛の巣
そこに実を結んだ一滴の露——
(真空は妙有《みょうう》に通ず)
太陽を飲み込んだ露、万物の

風が転がして作った露、万物の
稲妻が焼いて食べた露、万物の
一滴に集まった万物のエキス――
雷と寝て雷を身籠った
露、海王星、冥王星の鏡
露、虫たちの内臓を通って鳥たちの
声に転がされ、ついには
草の葉に結ばれた露……

世の中の木々

世の中の木々は
何をしているの？
それらを眺めるのが好きな人、
毎日毎日いつ見ても楽しくて
胸が青くてドキドキする

そんな人は地に根を下ろさせ

体に全身に樹液を巡らせ
空高いところへ昇らせ
丸くてまどやかな、弾力の泉！

空にも地にも私たちの胸にも
聞こえるだろう、木々よ、日々
ときめきながら膨張する初恋の精気を！

夜空に輝く俺の血よ

天の河よりはるか遠く千二百万光年離れたところで、今も超新星が爆発しているが、爆発しながら、すべての星と銀河群のエネルギー放出量の半分に相当するエネルギーを放出している。地球がある銀河の彼方、螺旋形のM－81銀河で発見された、特に明るく輝くこの超新星1993Jの大きさは地球が属する太陽系ほどだが、爆発した星は消滅に向かいつつも存在し続けている。それは他の星を作る物質を噴出するだけではなく、生命の構成要素そのものを放出しているからだ。

私たちの骨のカルシウムと血の鉄分は、太陽ができるよりも前に、私たちの銀河で爆発した、この星の中にあったのだ。――『ロサンゼルスタイムズ』紙、一九九三年七月一八日より

お前は輝いている
俺も輝いている、俺たちも
カルシウムと鉄の兄弟。
遠いというのは錯覚

離れているというのは錯覚
この一つの体が三世《さんぜ》**で、宇宙
消滅しきらない霊物——

かつて星に一つあったものが、俺にも一つ
星に二つあったものが、俺にも二つ
それならば！
その伝説が事実ではないか
俺たちが伝説ではないか
カルシウムの伝説
鉄分の伝説——

夜空に輝く俺の骨よ
夜空に輝く俺の血よ。

**三世：過去世、現在世、未来世の総称。

その花束

マチュピチュの山頂からの帰り道
どうしたことか、汽車が山の中で
しばらく止まってしまいました。
私は降りました。
四、五歳くらいでしょうか
（なんて小さな人かげ！）
インカの女の子が
夕方の薄闇の中に
花束を持って立っていました。
絶えることなく種の息吹が聞こえる
夕闇の中に、
その何とも言えない薄明りの中に、

花束を持って、凍りついたように。
私は近づいて
(夕闇の静寂の中で、その子の
ああ、見えそうで見えない微笑みを目にしました。
こういう時、その目は宇宙です。
その微笑みの宝石で地球は輝き
その微笑みのあどけなさの中に小川が流れます。
その微笑みは遠く果てしなく広がってゆきます。
夕闇の光に広がってゆきます。)
いくらかと聞きました。
私は二ソル*を渡し、花束を受け取りました。
無限大に心が広がっていきます。

*ソル:ペルーの通貨単位。

7

渇きであり、湧水である

渇きであり、湧水である

——Jへ

お前は私の渇き、そして泉
私の中で湧き上がる湧水
私はお前に渇く
お前は
私の中で込み上げる
渇きであり
泉である
お前こそ私の中で湧き上がるもの

辞書を讃える歌

どんな意味かわからず
息苦しい時
やっとのことでお前が
息を楽にしてくれた
辞書よ。

吐く息と吸う息
その音と意味を私たちは
呼吸しながら生きている。
音は広がり
意味は内へ内へと響いて
そこにあるものを刺激し

雨風とともに
夢とともに
その肉と血で
真珠になる。
辞書よ、恐れと解読の信号
迷路のこだまよ。

お前を引いて
種を蒔き
お前を引いて
収穫する。
目が探しあてて
言葉が再び
芽ぐみ
舞い上がり
意味と一緒に

動く時。

運命を拓く
名付け親
触れれば開く
守り神
辞書よ
恐れと解読の信号
迷路のこだまよ。

青い空

風よ、そうだろう
空は大きな息ではないか
鳥たちよ、樹々よ
空なくして、私たちはどうやって
飛び、育ち、のびやかにいられるだろうか

けれど、けれど、ほんとうを言うと
この頃は息が苦しく
もう身も心も
飛ぶどころか
育ちもしない
私たちはみな発育が止まってしまい

身も心ももう育たない
ああ、滑稽なことだ
成長だとか発展だとか、あれやこれや
オウム、オウム、オウム返しだ

お前たちもみな知っているように
文明人の頭の上に
もう、青い空はない
青い空がないから
空はない
青い空がないから
空はない、とすれば
どこに枝を伸ばし
葉と花は、どこに
咲き、笑い、風吹くのか

鳥たちよ、そして樹々よ
お前たちも知っているように、私たちはみな
空なのだが、
なぜ空なのかといえば、私たちはみな
息をするから空なのだが、
私たちは空の中に
空は私たちの中にあるのだが、
もう、青い空がないから
空はない
空がないから
私たちはいない、私の愛する
息吹たちよ

鳥たちよ、山、空よ
樹よ、空の息吹よ
お前たちの羽を私は愛し

お前たちの枝を私は限りなく
愛している
そして
そうでありながら
私はいつもお前たちの羽の中に宿り
私はいつもお前たちの枝に宿り
お前たちの成長と飛翔とともに流れてゆく
お前たちの、ひそやかで可愛らしい夢とともに流れて……

偽りを、さもなくば死を！

街路樹よ、そうだろう
都市生活者たるものは
文明の難民ではないか
アスファルトの地獄
盲目と瞑目の瀝青《れきせい》＊＊に
あえぐオートピープル
我らは難民だ。

ああ、もううんざりの自動車たち、
ゴキブリたちよ、そうだろう、
都市の表面を覆いつくした
走ったり這ったり停まったり、こみあげる吐き気

資本の吐瀉物の中であえぐ
生という名の災難！
そうではないか、よりによって都市で暮らす鳩たちよ
有毒ガスの中をヨチヨチと
投げられた餌に夢中の我らの仲間たちよ
硫黄の火力と馬力、金銭力の炎
ちろちろと燃えあがる、しびれる推力で
我らは今日も生産して消費し、あくせくしながら
自動的に右と左に別れ
本質から遠ざかり、本質から遠ざかり
政治、経済、社会、文化のあらゆる力で
こんな絶叫を精一杯押し殺す、「偽りを、さもなくば死を！」

＊＊瀝青：韓国では天然の固体・半固体・液体、または気体の炭化水素化合物の総称。固体はアスファルト、液体は石油、気体は天然ガスで道路舗装、防腐剤の材料として使われる。

安否

どんぐりの木からどんぐりが
ポトッと落ちて転がっていく。
私は後ろを振り返った
どんぐりの木が無事かどうか気になって。

飛べ、バスよ

僕が乗っているバスに
花束を持った人が二人もいる！
一人はバラ――女
一人はキク――男。
バスよ、どこへでも行くがいい。
花束を持った人が二人もいる。
だから、どこへでも行くがいい。
そうか、離陸するのか！
飛べ、バスよ。
離陸して高度を上げていく
見よ、車体はこんなにも軽い。
飛べ、バスよ！

時間と空間の息吹よ

私が出入りする空間を私は愛する
家と職場
この家とあの家
この部屋とあの部屋。
広々とした空間に抱かれている、
胸に抱かれている卵のように。
夢見ながら輝く、それらの空間を
私は愛する。
夢見る故に輝き
抱かれている故に夢見る
「空間」はそれで
常に生まれる準備ができている。

常に新たに生まれている。
幼く、柔らかく、あどけない
「空間」の胎内に私はいて
私と「空間」は
互いが互いを産む。
互いを抱き、輝きを増し
互いが互いを産む関係は
果てしなく睦まじい。
それらの空間を出入りする時間を、また
私は愛する。
入る時と出る時、
そのすべての時間は太初そのものだ。
日差しの中のほこりのように
輝く、その時の息吹を
私は全身で呼吸しながら
出入りする、ああ

時間の中にひそやかに隠されている太初を
私は呼吸しながら
出入りする。
すべての時間の卵も、また
夢見ながら輝き
羽を伸ばし始める。
時間とは、だから
芽という言葉と同義だ。
時間の胎が宿すすべての
明日の花の香りが
（廃墟と歴史はつがいなので）
その時、漂う。
私が出入りする空間よ
ともに動く時間よ
互いに抱かれて
互いに宿し合い、産み合うのだから

夢見ながら輝くのだから。

8

光輝のささやき

花の時間　1

時間の波を見るがいい。
朝だ。
明日の朝だ。
今夜
明日の朝を迎えに行く
わが波は

青くて、ああ
その動きで
世の中のすべての光を染める
心よ
夜の明ける場所よ。

詩がまさに押し寄せて来ようとするのだが

寝入りばなに
詩がまさに押し寄せて来ようとする
その世界はただ一つの窓
それは地球という卵
その中から、くちばしで今まさに殻を破ろうとしている
すべての時間が永遠に
青い夜明けの波動
とにかく、そのように詩が押し寄せて来ようとする
宇宙のなんという青さ

どんな物質をも突き抜ける光、
その光が作り出す、無限のほほえみ
視界を覆い尽くす無限
全身を染める、その無限、
とにかく、そのように詩が押し寄せて来ようとするのだが
私は起きて書こうとはせず
眠りにつくことにしたのだ……
（書かなければ消えるという思いも
今はもうないからだろうか
眠りの懐でも
詩は孵化するからだろうか）

一日

一日は一万年で
刹那は劫である。
一日の果てはどこなのか。
一日に果てはない。
何処では日が昇り
何処では日が沈む。
(愛が昇っては沈むように)
熱には果てがない。
灰がそうであるように。

風の懐も果てがなく
川のため息にも果てがない。
空の隅々
心の隅々
笑みにも果てがなく
涙にも果てがない。
万物の体温に耐えるすべはなく
行き交う道は無限に開く。
空の隅々
心の隅々
一日に果てはない。

訪問客

人が来るということは
実はとてつもないことだ。
その人は
その人の過去と
現在と
そして
その人の未来とともに来るからだ。

一人の人間の人生が来るからだ。
壊れやすく
だから、壊れもしただろう
心が来るのだ――その迷いに
たぶん風は触れることができる
心、
僕の心が、そんな風のようになれたら
きっと手厚いもてなしになるだろう。

女

私は女を深く理解している。
即ち女性性というものを深く理解している。
女は自然である。

我々の自然、
失われたという楽園が
煌びやかに顕現する。
有史以前

文明以前
私以前
おまえ以前
の
原初
または
アンドレ・ブルトンのようにいうなら
「母音でいっぱいの花冠」

すべては心の食べかた次第**

すべては心の食べ方次第なのです。
それなのになぜ心を食べないの？
心さえ食べていれば
できないことなどありません。

心へと自然に染まっていく
あの生きているものたちの影
影たちが
その姿のまま心に染みこんでいくのも
心を食べているからこそなのです。

心を食べるという言葉

とてつもない言葉です
心をどうするって？
心を食べるんです！
だから
できないことなどないんです。

心を食べるから
歌なのです。
踊りなのです。
心を食べるから
万物の耳で聞いて
万物の眼で見るのです。

心を食べれば
太古の心
蘇り

真っ暗な中に
日が昇るのです。

＊＊韓国語では「決意する」という意味で「心を食べる」という慣用句を使用している。

味のエネルギー

朝
初物の青リンゴを食べ
そのみずみずしさに、思わず
気が遠くなり
心は直ちに
躍り出す。
舌に及ぶ
みずみずしさの
無限のエネルギー。
自然に内蔵されている
あの力に満ちた諸元素の
迷路を

通り抜け、
巡り巡って、
私の口の中にたどり着いた
その味の
躍動力。
光の波長で
心は躍る
みずみずしさよ。

金剛の光よ

——イスタンブール詩篇

トプカプ宮殿の宝物館。
八六カラットのダイヤモンド
その前に立つ瞬間
光の稲妻！
すべての宝石が太陽であるが
この巨大なダイヤモンドは正真正銘の本物の太陽である！
この金剛石の放つ光を見つめ続けるのは
危険だ——視力を失うか
狂ってしまうから。
目がくらみ、息が止まりそうになる石よ。
うすっぺらな言葉でも、まやかしでもない
本物の光、

金剛の光よ。

光輝のささやき

夕暮れ時
一日が終わろうとする、その
移り行くひとときの
光輝、
ないものがなくて
寂しさも種子も
それぞれの宇宙の、
（光輝の中の光輝の）
その一瞬の輝きに
詩は入り込めるだろうか。

傷ついた人の孤独を

誰にも知られず、涙で濡らす時
そこに沁み込むものが、もしかしたら詩かもしれない
(孤独と涙の光輝よ)

今までの足跡の影が
そっくり染みているこの地の中
そのどこに詩は心を埋められるだろうか。
(影と心の光輝!)

いままでの息づかい
そっくり広がり、風吹く空
そのどこで詩は息をすることができるだろうか。
(息づかいと風の光輝よ)

9

耐えられない

依りかからず

生命《いのち》なんてそんなもの。
何かに依りかからずに生きてゆける?
空気を頼りにして立っている木々をご覧なさい。

私たちには頼れるところがたくさんあるけれど
依りかかっているその場所が晴れたり曇ったりするから
私たちもまた、晴れたり曇ったりするのだ。

斜めに、斜めに互いを支え合っている人よ。

耐えられない

経つほどに、月日よ、
僕の心はもろくなり
八月が過ぎゆくのが耐えられない
九月も一〇月も
耐えられない。
流れゆくものたちが
耐えられない。
人のこと
その変化と痛みに
耐えられない。
存在していたのに消え去った
目にしていたのにもう見えない

耐えられない。
時間を耐えられない。
時間のすべての痕跡
影
耐えられない。
すべての痕跡は傷跡であり
流れて変わっていくものたちよ
傷つき損なわれていくものたちよ。

文章という糸よ

――物書きの心の欠片

文章という糸よ
切れたら生命《いのち》も切れてしまう。
布を織るときも、かがり縫うときも
刺繍するときも
（切れたところから血が滲み、ため息も聞こえる）
続け、綿々と、ともいうだろう、
地表の湧き水が
大地に刺繍を施すように。

草の葉は

風の流れに沿って
草の葉は空中に文字を書くではないか。
何処へ行くというのか。
私は手とペンと全身で
いつもそこに帰依する。
そこから私は来て
そこで生き
そこへと向かって行くのだから……

白い紙の息づかい

一枚の白紙は
その上に書かれる言葉より
もっと深く、
その縁《ふち》は
大空と接し、無限大で
しばしば何か大きな音を響かせている。
そこに書かれる言葉が
白い紙の息づかいを損なわなければ、上質な作になり
大空の息づかいで呼吸すれば、傑作となるに違いない。

芸術の力　1

――ロマン・ポランスキーの「戦場のピアニスト」より

目をそらしたくなる
残酷な場面では
目を閉じ
嘔吐。
「無伴奏チェロ組曲」と
「月光ソナタ」が
つかのま流れた時
そしてショパンが演奏された時は
涙がどっと湧き出した。
言葉を語る舌を

山積みにして焼いても
その悲惨さは語れはしない
有史以来
国家というもの
政治というもの
イデオロギーというもの
軍事というものの
残酷さを背景に、
その悲惨さとは対照的な、
バッハとベートーベンとショパンの
音楽よ
平和よ
至福の
満潮よ。

簡単な頼み

地球の片隅では
地球に対するどんな修飾語も直ちにミサイルで破壊され
どんな形容詞も直ちに血まみれになり
どんな動詞も直ちに残酷に打ち消される
戦争をしているとき、

夕飯を食べ
ぶらぶらと
男女二人が
近所の花屋のショーウインドウを

覗き込んでいる
その光景の感動的なこと！

戦争を企み
悲劇をつくりだす人々よ
あの二人ののんきなぶらぶら歩きを
妨害しないでくれ。

夕方の散歩が
明日も明後日も
続くように
そっとしておいてくれ。
花屋のガラスを割らないでくれ。

蛍光灯で太陽を照らす

1

夜も更けゆく時刻
山奥の谷間では
ましてや、その水音の中では
部屋の蛍光灯が太陽のようだ。
それならば
私は今からその蛍光灯で
道を照らし足元を照らし
さらには太陽を照らそうと思う。

2

訳経院**へと向かう日の道のりは危うかった。
経は訝しく
訳は危うかった。
昼食の時間だったので
そこで食事を摂ったが
御飯が法で
法が御飯だった。
（ものすごく辛い唐辛子を咬んで
いかなる悟りにも至ることができなかった）

よくまあ谷間のせせらぎが
人の考えを導こうとしていたものだ。
水も流れ
考えも流れる。
塞ぎはしない。
（本来そういうものだ）

知識は次善だ
自慢するからだ。
知恵が最善だ
悲しむから、そして
飾り気なく笑うからだ。

3

夕方になったので
また御飯を食べ
酒を飲み
二十三で結婚したという
食堂の女将が
テレビドラマに夢中になっている時
漆黒の中へと足を踏み入れた。
（ずっと）闇の中だったので

足取りがおぼつかなかった。

4

しかし、太陽を灯し
道を明るませ、足元を
照らしたのは大きな山と澄んだ空気と
心——無限の心——大空　の
寂寥だった。
寂寥には
届かないところがなく
見えないものがなく
聞こえないものがなかった。

5

眠りにつこうとして横になった。
山から野生動物たちが下りて来て

家を取り巻いた
今度は動物たちの眼の蛍光が夢路を照らした。
深くて広大だった。

＊＊訳経院：大宗五年（九八〇）に建てられてた梵文から仏典を漢文に翻訳していた機関。

10

影に燃える

このもどかしさ

なんともどかしいことか
「本物」に達するのは難しい
それは本当に難しいので
つい先送りにしたりためらったりしてしまうのだが
知覚と感覚と表情を
どれほど研ぎ澄ませても本物に至るのは
なおさら遅くなる、このもどかしさは……

挨拶

あらゆる挨拶は詩だ。
それが
嬉しく
心温まり
清らかならば。

ほんとうは
詩が
世の中のできごとと
物と
ハートと
挨拶を交わすことであるなら

あらゆる詩は挨拶だ。

挨拶なくしては
ハートはなく
志も心温かさもないように
詩なくしては
意味するところも
いかなる暗示もなく
ストレートな展開もない。
世の中のできごとに
花咲くこともない。

宝石の夢　1

1

宝石展示会に行った。
どの部屋もうす暗い
陳列ケースの中
スポットライトの下
宝石のアクセサリー
宝石の小物などが並んでいた。
ダイヤモンド、サファイア、ルビー、真珠、エメラルド、
オニキス、オパール、ムーンストーン、ガーネット、トパーズ、
金、銀、プラチナ、水晶、七宝、ラピスラズリ……
原石のままだったら

うす暗い部屋よりもっと
真っ暗な地中にあっただろう
私は土行孫*のように
宝石たちがキラキラ
輝いている別の
地中を歩き廻っていただろう。
とにかく私は光がつくり出した
荘厳で無限な色の中を
さ迷っていた、辛うじて息をしながら。

2

私は胸が苦しくなった。
かつてアクセサリーを身につけていた女たちの
亡霊、
胸と腕と首と腰の
肌、

うす暗い部屋に満ちている
おお、影が匂いたつ、
突然、現れ
囁き
破裂しそうなくらい闇を膨らませる
影――
今は亡き者たちの強烈な存在感によって。

3

展示室から出た時
奇跡が起きた――
あらゆるものが宝石に見えた！
捨てられたアルミ缶
プラスチックのビン、紙コップ……
私は驚き
一瞬微笑みが浮かんだ――

瞳が宝石に変わっていたのだ！

＊土行孫：中国の神魔小説『封神演義』に登場する豪傑で、〈土遁〉という神技を持っており、地中をとても速いスピードで潜行することができる。

泉を讃える歌

幼い時
裏山の麓で
音もなく湧いていた泉は
今も記憶の中で、
私の瞳の中で、
湧き出し続けている。
あの時と同じく
小さなアーチを描いて
湧いている。
地上に隠れているすべての泉たちを
啓示する
その神秘の泉は

同時に心をも湧き上がらせる
神秘そのもの。
幼い時、裏山の麓で
音もなく湧いていた泉、
今も私の心の中で湧いている
ああ、心を湧き立たせる泉の源よ！

鳥の恩恵

山中
柏の森の中に座って
昼ご飯を食べていると
小鳥が
私の頭の上に留まった。

私はうっとりとして
じっと座っていたのだが
思わぬ展開に驚かされた。
鳥は頭のあっちこっちを飛び回り
髪の毛の下の頭皮を
つつくのである！

（小鳥だからか、あまり痛くはなかった）
私はあまりにも面白く、うれしくて
はあ、やあ、おやおや、こいつ、といいながら
笑い、首をすくめていた。
そのうち、その鳥は飛んで行った。
しかし、すぐ戻ってきて
同じことを繰り返した。
私は食べていたジャガイモと餅を細かくちぎって
掌に載せて頭の上にかかげた。
鳥は食べ物は食べないで
私の頭だけ、またあっちこっちつついた。
そうして、飛び去ったが
またやってきた。三度目だ。
やはり同じことを繰り返しては
今度は、顔の方に下りて来て
まるでハチドリが花から蜜を吸う時のように

すぐ目の前で羽ばたきをするではないか！
私は万が一目をつつかれては困ると
手で両眼を覆った。
すると、鳥は飛んで行ってしまった。

なんたる恩恵だろう！
心の中で呟きながら
しばらく
座っていた。

旅の麻薬

旅に出ると
行く先々で
私は消えた、
いったい幾たび私が
旅先で消えたか分からない。
その地の
風景という麻薬

家並みと路地の麻薬
空の麻薬
見慣れない時間と空間
そのすべての初めての麻薬に酔いしれて
私は消えた。
どれほど多くの私が
こんな初恋の中に
消えたことか。

恋愛

恋愛よ
私を眠りから覚ましておくれ。
ありとあらゆる眠りから、
指の眠り
頭の眠り
身体の眠り、
何はともあれ
全身を目覚めさせ
大地を転がし
時間を孵化させ
隅々を生き生きとさせて
全身を湧き上がらせておくれ、

恋愛よ。
祈りと瞑想
知的冒険がいつも
いかなる眠りからも覚めさせてくれるというが、
恋愛よ
お前の中で発酵する瞑想
お前の捧げる祈り
お前の体験する冒険ほどには
生き生きしていないのだ。

ただそんな恋はほんとうにまれで
めったに起こるものではないが、
何をおいても、お前は
湧き起こる覚醒。
たぐいまれな
湧き起こる

覚醒なのだ。

ああ、時間よ

1

時間には
毛が生えていて
カビも生えている
それで
毛の運命と
カビの運命という
二頭立て馬車に乗って
毛をなびかせながら
流れたりもする。

2

時間は
四つ足の動物であったり
一本の樹であったりする。
だから
動物の運命と
樹の運命が入り混じった
一杯のちゃんぽんのようで
ピリ辛くも薄味にも
どちらにも転がるのだ。

3

時間は
あらゆる形であり
あらゆる音でもある。

形の中では丘陵が
一番で
音の中では
静けさが一番だ。
限りなく柔らかいものと
限りなく空っぽのものより
すばらしいものはないからだ。

4

あらゆる瞬間は
山奥に隠れている
泉。
その
乾くことのない神秘は
それを聞いて
見て

全身で感じる魂を
限りなくひっそりと湧き出る
力で
もうひとつの
噴きあがる源泉を作る
神秘。

5

太初に爆発があったのではない。
あらゆる太初が爆発だ。
太初はたった一度だけあったのではなく
過去のできごとでもない。
太初は無数にあり
いつも現在進行形だ。
一歩一歩が
太初だ。

息をするたびに
太初が呼吸する。

影に燃える

1

バスに乗って
近東の曲がりくねった道を進んでいると
広大な小麦畑を黒く焼く
雲の影を見た。
雲の影に燃え、大地は
あちこち黒く焦げていた。

2

欲望——雲の影
心——雲の影
体——雲の影
一生は燻って
君——雲の影
僕——雲の影
彼——雲の影に
世界は黒く焦げて——

3

そのすべてのベールを取り去った後の
雲そのものが僕は好きだ
そして
今まさに隠喩としての影に燃やされている——

何という瞬間でしょう！

何という瞬間でしょう！
今まさに咲きかけの
花の蕾。
その上に座っている今、
空気に熱気がこもっています。
今まさに咲こうとしている瞬間の
熱気、
花の蕾の真ん中、
何という瞬間でしょう。

あらゆる言葉は

あらゆる言葉は
まるでそれがすべてであるかのように
まるでそれが事実であるかのように
語られるしかないというのが本質的な弱点です。
言葉はどのみち
こま切りにされるはずだから……
(その言葉の光と、そして
影は
無間《むげん》地獄と
臍《へそ》――須弥山《しゅみせん》を中心に
大千世界に遍く及んでいるのにもかかわらず)
ハハハ、

あらゆる言葉の致命的な
限界のために、我々と
我々の生の虚像が
少しずつ積み重なり
膨れ上がってきたのでしょうが
（表現されたものと、それを
楽しむことは別ですが）

余韻——卵

夏の昼、突然
思いがけない雨雲が狂風とともに
天地を真っ暗にしながら
雷——稲妻——落雷
雷——稲妻——落雷
このように天地開闢の儀式を行うので
私にも
雷——稲妻——落雷
雷——稲妻——落雷が走りましたが……

その後の私の心に
ああ、その余韻が消えず

その余韻の絶大なこと
すさまじい余韻——卵の殻のように
私を楽々と包み込み
私はただじっとしていました。
ずっとこうしていたいと
ずっとこうしていたいと
どこへも行かず
その卵の中にじっとしていました。
身じろぎもせず。

11

どこかで涙が湧き出でて

時間は経つ

――コラージュ

1

僕は僕の誕生を知らなかったのだから
僕は初めから何も知らなかった。

2

そうではないか
あらゆる時が
「特別な瞬間」ではないか。

そうだろう、そうだとも！

3

（わざと強がりを言ってみるなら）
時間が経つのも怖くないし
時間が経たないのも怖くない。
時間は経つものでもあり
経たないものでもあるから……

言葉たち

——辞書を広げて

辞書を広げれば
直ぐに
心浮きたち、ざわめく。
果てしなく開かれた空間に入るからだ。
言葉は無数にあり
世界もまた、同じくらいたくさんある。
言葉たちは星座で、そうして
星々だけでなく
星間の無限をまるごと
見る人に手渡す。
これから宇宙遊泳だ。

思いのまま遊び
夢見
駆け回る。
行けども行けども果てしない。
ああ、星と星の間の
空間に広がる音楽、
意味を知れば明るくなり
説明を聞けば暗くなる
星たちの光と、そして
影。
時間が散らかした
遊びの堆積。
人の歴史が残した
足跡――
雨に濡れ、雪に覆われ
風吹く痕跡……

なんてすてきなこと

寒さが和らぎ、薄い手袋をするのは
なんてすばらしいか。
(酷寒で分厚い手袋をはめるのも
すてきだったけれど)
寒さが和らぎ、氷が解けるのは
なんてすてきなこと。
軽い運動靴を履くのも
すばらしいし。

（凍った道のための履物を履く時も
すばらしかったが）

こんなふうに気持ちは揺れ動く
それがまさに時中**ということ。
だったら
言わずにいただけで、実は
時聖**で満ち溢れているのだ。

**時中：「時に中《あた》る」（『時経』）。今の時にぴったり合うという意味。
**時聖：孔子のこと。

水月観音図

月光の下
岩の上に
半跏趺坐《はんかふざ》
月夜、波が押し寄せる海辺の岩の上
観音菩薩の前に柳の枝を挿した浄瓶
その下の鳥一羽
亀の甲
蓮花模様を金泥で描いた紅の裳《も》

実に優雅な曲線に重なる透明な天衣の裾
龍王をはじめ、男女の群れが拝んでおり
半人半獣のあやかしたちが大香炉と皿に宝珠を積んで背負って行く。

私——半人半獣は今や
芸術三昧の真っ最中だから
月夜、波と岩を聞いている真っ最中だから
全身が震えている真っ最中だから

起こる前に消えてゆく

未来に起こることが
いつのまにか過ぎ去ってゆく、
それが来る前に
過ぎ去ってゆく、
はっきりしているのに、遠くて
決して触れることはできない幻影！
起こる前に消えてゆく
起こる前に消えてゆく！

この有からあの柔が流れ出る＊＊

――J・S・バッハの音楽

類まれなこの柔。
世界が果てしない柔に包まれる。
全身全霊が果てしない柔に包まれる。
裏も表もすべてが果てしない柔に包まれる。
この音楽は無いがごとく有る。
如何に、このように無いがごとく有りうるか。
愚かな「我こそ」が溢れる世の中、
最上の芸術、最上の人間だけが顕す
無きがごとき有！
この有からあの柔が流れ出る。
おお、どんな地獄にあっても傷口を癒すあの柔！

＊＊韓国語では、「有」と「柔」の発音が同じ「ユ」である。

夢うつつに

鮮やかな夕焼けに
空の雲が薄紅に染まり
とてもきれいだ
その一色で
この世界は言葉通りの別世界だ、
また
その宇宙の息づかいの調べ
その自然の彩色の秘密の下で
人生の黄昏を迎えた人が歩きながら

太古の囁きを聞く
太古の地層が自らを聞くように。

その囁きは深い瞳
その瞳は深い囁き
かくして太古の肉体が感じられる
心の内外で捉えた事物の実感よ。
見ることが広大で果てしなく
聞くこともまた深淵であるなら
その実感に並ぶこともあろう。

そんなふうに内外ともに遥かな場所を
私は歩きゆく、夢うつつに。

どこかで涙が湧き出でて

朝が来て、
新聞が来て、
はあ　と絶望し、
ええっ　と愕然とし、
この国、この星、
僕たちが住んでいるこの地に
理不尽なことがあまりにも多く
はあ　と絶望し、
朝が来て、
ええっ　と愕然とし、
地上のある国
爆撃で崩れた建物の下で

血だらけの
五歳の子供オムラン・ダクニシュが来て、
吐き気が来て、
溜息がこの星を覆って、
涙がどこかで湧き出でて
川を成して、
朝が来て、
血だらけの子供がまた来て、
心の麻痺した人たちが
世の中を操ろうと
かしましく、
その戦い方で世を騒がせた
ボナパルトの後、
世界はプチ・ボナパルトたちで溢れ、
ドン・キホーテが無謀にも槍を持って飛び掛かり
自身の無力を思い知り

それを倒すことは難しく
今日もそれは地球を覆いつくしているように、
はあ　と絶望し、
毎日のように涙は
どこかで湧き出でて
川を成し……

解説

徐載坤《ス・ゼコン》

鄭玄宗《ジョン・ヒョンジョン》詩人は、〈二〇一七年　ソウル国際文学フォーラム〉で、人間は本能的に、美しく誠実な心と言葉への憧れを持ち続け、それによって変化する世界を夢み、芸術（詩）は人間を高揚させて別世界を夢みさせ、詩人は〈事物〉から感じ取った驚異を語る存在であると語った。彼自身は南北分断、不条理な現実社会に注目しながら、実存主義的な視点で文明と自然・環境、人間性と日常性などの本質への洞察を続けてきた。韓国戦争後、韓国詩壇が虚無主義と絶望感に包まれている中、ジョン詩人は、抒情詩のマンネリズムから離れ、自我と外部世界とのダイナミックな関係性を重視するモダニズム詩を目指してきた。

一九六〇年代の韓国社会は独裁政権への抵抗と民主化が最も重要な課題であった。当時の韓国社会が抱えているさまざまな問題について、社会派の文学者と知識人たちが積極的に批判を展開する中で、ジョン詩人は自我と言語そのものの探求に基軸を置こうとした。そのような状況において、彼の初期詩編は翻訳文体であるとか西洋語的文法体系だとか非難される一方で、現代詩の新しい枠組みであるという、相反する評価を受けた。さらに、彼の詩は意味が曖昧模糊とした難解な詩が少なくないが、それぞれの詩語とイメージの領域を超え、全体性の中で理解せざるを得ない。けれども、風刺と反語、寓意によってにじみ出る明るさと愉快さは、一九七〇年代の暗鬱だった韓国社会とコントラストをなしている。

韓国詩のセンチメンタリズムを克服するため、抒情詩の感受性とは異なる理性的想像世界を追求したのは、彼が大学で哲学を専攻したことと関係あるだろう。太陽が世界の万物を照らすように、見えない世界の本質を明るく照らそうと試み、日常的なシーンを超現実的な風景に変えることで、世の中の些細な物事の中に秘められた秘密、生命の本質を浮き彫りにしようとする。さらに、天に向かって伸びる木を語ることで、自然征服を目指してきた現代の文明への批判も欠かさなかった。

デビュー期の彼は、苦痛と祝祭、火と水、重さと軽さ、悲しみと喜びのように、相反する情緒の葛藤と対立を詠むことで、精神の緊張感をさらけ出そうとする。そして、〈事物〉を英語の〈things〉、つまり、物から情緒的なもの、内面の動きまでも含まれる単語として使っている。処女詩集『事物の夢』では、〈事物〉が詩の対象で、その中に自由に入ることができ、事物の夢まで共有できるほど、彼の意識は柔軟さと透明さを持っている（キム・ヒョン）。詩集には、風、星、星光、火、光、砂、子宮、処女、部屋、性交などの語彙が頻繁に登場するが、ほぼすべての作品に登場するのが風と星（光）である（キム・ジュヨン）。風が地上的なものであるとしたら、星（光）は天上の世界を象徴するものであるから、両者はこの世界を構成する最も原初的なものであり、詩人が世界を眺める土台である。

詩「君は星なのか」で、「巨大な夜」、肉体が砂になり風に変化する過程は、宇宙的な同化の過程であるといえる。それは現実を超越しようとする意志であり、その超越への意志は宗教的、または形而上的なもの、実存的なものと考えられる。しかし、肉体を持つ人間が、己の肉体を含め、すべての物質の束縛から抜け出そうとするが、しかし、抜け出すことができないことを知りながらも、逃れようとする意志の大切さが歌われている（オ・センゴン）。

本文では、「空の星のように　たくさんの星」とか、「浜の砂のように　たくさんの砂」、また「己の偽り」のように、類似する表現が繰り返されているが、それは「同語の反復によって彼の詩的空間の中を漂流する読者たちに人生の虚偽性を明らかにし、パスカル的苦悩に引き寄せようとしている」（キム・ヒョン）のである。

そして、「白々しく、かつ図々しい物質」の「迷路」＝「死」から抜け出るためには、詩的主体は、それ以上に図々しくなるしかないのだ（詩「図々しい物質」）。

詩「事物の夢　1」は、木の観点から出会う対象、光、雨、風との共感と一体感を力動的に見せている（オ）。そして、事物（木）の夢は詩人の夢と同じであろう。

処女詩集刊行から、二年後、アンソロジー『苦痛の祝祭』を出すが、タイトルに現れているように、詩人は生の辛さ（受難）を芸術の宿命として受け止めている。祝祭は日常性からの解放、休憩の時間であるから、〈苦痛の祝祭〉というのは、繰り返される日常、制度と法律の抑圧・強制という監禁（束縛）からの脱出である。だから、詩人の鋭利な感性によって、苦痛を感じながらも、それを礼讃するのである（イ・サンショップ）。

詩集『私は星のおじさん』は、観念的で事物の存在意義を究明（解明）しようとする流れを引き継ぎながら、生命（力）が新たなキーワードとして登場する。経験したすべてのものを芸術の対象にし、硬いものと柔らかいもの、温かさと冷たさ、のようなものが対立項ではなく融合できる存在として認識している（ソン・ギファン）。

詩「なんと哀れな」では、規範化された枠の中に閉じ込められ、自由と変化へのステップを失ってしまった自己憐憫が詠まれている。

詩「苦痛の祝祭　2」では、韓国伝統民謡〈アリラン〉が登場するが、〈アリラン〉の切なさによって、我等の生の（営みの）苦痛を代弁させている。

詩「落ちて跳ねるボールのように」では、我等の肩に圧し掛かる重荷が増えれば増えるほど、それと反比例して上昇志向（意志）が大きくなるということを語っている。

詩「島」は、韓国人に一番愛されている作品で、個人よりはいつも〈私たち〉に目を向ける詩人の姿勢がよく表れている。「その島」とは、人間誰もが持っている原風景であり、希望であり、懐かしさであろう。

一九八二年、ジョン詩人は母校の延世大学国文科の教授に着任する。同学科には作家志望者が多く、その一人として〈二〇二四年ノーベル文学賞〉受賞者のハン・ガンも在籍していた。ジョン詩人は彼女が一九九二年の校内文学コンクールに応募し、当選した時の詩部分の審査委員でもあった。「ハン・ガンの詩は、神がかった渦まくような内的熱気を発散している様子が独特である。その炎のような熱情のマグマはこれから紡ぎ出されるであろう世界を豊かに内包するエネルギーに満ちているのようだ。その巧みな文章力を活かして潜在能力が花開くことを期待する」というのが当時の審査評で、彼女の持つ文学的潜在性をいち早く発見したといえるだろう。ハン・ガンも、学部時の〈詩の創作授業〉での「(先生の一言が) 大きな励みになった」と回顧している。

その一方で、一九八〇年代に入ると、彼の詩世界に変化が起こり、モダニズムから抒情性へと詩的基底が転移する。

第三詩集『落ちて跳ねるボールのように』の詩「緑の喜び」では、「(青い) 空」と土と木が「香り」によって、同化されている。

第四詩集『愛する時間が足りない』を境目に、彼の詩世界は現実と夢との葛藤よりは生命の神秘と恍惚感に共鳴し、和解の前景化に乗り出す。

詩「すべての瞬間がつぼみだった」は、人生の「すべての瞬間」が花の「つぼみ」のように貴重であり、美しいが(オ)、その「時」と「出来事」の大切さに気づかず、「僕の熱意」と愛が足りなかったことを「後悔」している。これから接するあらゆるモノに「もっと心をこめて愛」することで、その「つぼみ」を開花させようとしている。

だから、詩「愛する時間が足りない」では、ラッパを吹いている子供、買い物帰りのおばさん、バスに乗り遅れたお爺さん、バラを持ち歩く娘のような、ごく平凡な日常風景の中の人物に目を向けている。

第五詩集『一輪の花房』では、物質文明によって誕生した人工物が人間を抑圧しているが、自然こそ人類を救えると訴えている。そして、性的なことも含め、あらゆることが抑圧されていた当時の社会構造をエロティシズムによって暴露し、抵抗する。既成の性的モラルに対する拒否は、既成の社会秩序に対する拒否を内包しているからだ。これは当時の読者に見慣れない馴染みにくい詩風であったが（ユ・ゾンホ）、エロスは彼の詩的原点であった。

詩「葦の花」では、田舎の道端に「輝いて」いる葦の花に惹かれて近づき、それが「人の心」まで明るく透明に映し出していることを発見する。

詩「素晴らしい風景」は、とてもエロティックな作品である。自然の中で行われる「恋人どうし」の行為は、伝統的な性的モラルに対する皮肉だけでなく、豊作を祈願する祭祀の一環として受け止められる（ユ）。

詩「明るいのです」は、柿の木に実っている赤い柿が「火花」のように、「世界全体」を明るくしていると感じとっている。陽光、星の光、光輝のような〈光〉のイメージは、人間の心を明るく照らすことで、希望と幸せをもたらすのである。

詩「ひとさじの土の中に」には、詩人の鋭敏な感性がよく現れている。「土の道」を歩きながら、「数十億匹の微生物」の「弾力」を感じ、「ひとさじの土」に「三千大千世界」が存在するという宇宙の真理を悟るのである。森羅万象が詩人に感覚的快楽をもたらすが、受動的にその快楽を受け入れるのではなく、感覚的な快楽と官能的な喜悦のため、全感覚を解放させるという向日性と積極的な解放こそ、この詩人の詩的特徴である（ユ）。

詩「一輪の花房」は、エロスこそが美の基層である、という詩人の美意識を物語っている。「美しい女の脚」と「肌の輝き」から「一輪の花房」、つまり「詩（想）」が誕生するという詩人の創作過程の秘密が暴露されている。

詩「木の皮を讃える歌」には、詩的主体と木との同一化の欲望（ザン・ミラン）が見られる。「鳥」「獣」「昆虫」のような生命体の「夢」と「欲望」だけでなく、「小川」「花」「雷」「石」のような自然の「秘密」を「木」は「皮」で包んでおり、その「樹皮」に触ることで、「木」の「体温」と「息」に共感して、「私の体」にも「樹液」が湧いてくるのである。

第六詩集『世の中の木々』には、自由・飛翔・生命の躍動のような風と関連があるイメージが目立ち、言葉遊び・ウィット・ユーモア・パロディーなどのレトリックが頻繁に使われている（オ）。現実社会の不条理に対して憤慨感をそのまま、露呈させるよりは、一歩下がった傍観者の立場から笑いを誘う反語的な表現に置換させている。

詩「空の火炎」は、太陽観測衛星が撮った太陽のコロナの写真から詩想を得た作品である。詩人は、写真の中の太陽から「無限のエネルギー」を感じ取るが、「私の中で」は、その「回転する火炎」さえ包んでしまう「私の歌の渦」が「回転」しているという。

詩「露」では、人間は万物と共に存在するものであり、人間が動くとき万物も一緒に動くという認識を確認することができる。川や風と土は私たちの外にある無限の対象ではなく、私たちの血と息、肉であり（オ）、哲学と詩と夢と孤独と郷愁を垣間見ることが出来る。だから、「一滴」の「草の葉に結ばれた露」は「万物のエキス」であり、「妙有」であるのだ。そして、細密で小さなものからあらゆるモノを見つける詩人の想像力は、小さなものと大きなものが相通じるという宇宙の細密画であるともいえるだろう（ザン・チョンファン）。

詩「世の中の木々」で、木は地面に密着しており、その根は地下へ伸びていく。その一方で、空にまっすぐに伸びる木の枝と樹液は、生命力の表れであろう。木の垂直なイメージと、上昇と下降の力動性は宇宙的な時間の生成とその流れと一致している。また「丸くてまどやかな弾力の泉」は母性の含意であろう（オ）。木はジョン詩人が最も愛する自然物の一つで、恋人に喩えたりするが、弾力と上昇のイメージを目覚めさせる存在である。

詩「その花束」は、古代インカ帝国の空中都市マチュピチュからの帰りに、花売りの「インカの女の子」との遭遇から生まれた作品である。「夕方の薄闇の中」に立っている少女の「目」には、古代文明の神秘が宿っており、「見えそうで見えない微笑み」には「地球」が「宝石」のように輝いていた。そして、少女から花束を受け取る瞬間、「宇宙」に向かって「無限大に心」が膨張を始め、広大な宇宙と、その「子」と「私」、そして人類との共感が行われるのである。

第七詩集『渇きであり、湧水である』の表題詩「渇きであり、湧水である」で、「お前」は「私」に渇きをもたらす存在であり、その「渇き」を解消もしてくれる「泉」の「湧水」であるというアンビバレンスな属性を持っている。このような矛盾の言語システムは、トートロジーとともに、ジョン詩人独自の詩的テクニックである。「渇き」と「湧水」に通底するものは〈水〉であり、〈水〉こそ生命の源泉であり、エネルギーであり、生まれ故郷であるのはいうまでもないだろう（イ・ヘリ）。

詩「偽りを、さもなくば死を！」では、都市のスピードに慣れてしまった現代人（「都市生活者」）の心理を批判しながら、消費中心の営みにおぼれ、「本質」を忘れ、「偽り」の欲望だけを追求する「我ら」の姿を自嘲的に詠んでいる（キム・ヨンジュ）。

詩「飛べ、バスよ」の「花」は、自然界の植物というより、私たちの生を祝祭に昇華させる媒介であろう。日常生活の重圧から離脱し、幸せになれる方法は物質的財産の増殖ではなく、精神的な上昇志向であり、そのトレーニングの必要性を訴えている（オ）。

詩「時間と空間の息吹よ」の時間は、「時間の中にひそやかに隠されている太初」という表現から分かるように、すべてが最初に戻って生まれ変わる「太初」の時間である。それは日常的・世俗的な時間を超えた時間、根本的な意味での最初の時間である。そして、「それらの空間を出入りする時間」であることから、「空間」の方につながる。その「空間」は「互いが互いを産む」ことから無限大に広がる。宇宙は中心と周縁に分けられるのではなく、大きな空間が小さな空間を連鎖的に包む構造、あるいは無数の中心が互いに連なっている構造を持っている。このような宇宙共同体では、時空間が常に新しく創造されたり、他の時空間を生み出すための準備が行われている(イ・クァンホ)。

詩集『光輝のささやき』の詩は、分かりやすくシンプルである。あえて詩の意味を理解しようと努力しなくても、自然に頭の中に染み込んで、まるで一つの波動や息吹のように打ち寄せてくる。

以前の彼の詩は、事物の内部に充満し、爆発寸前の詩的想像力が、事物を現実と夢、苦痛と魅惑の間にある緊張の世界に封印していた。その緊張感が引き起こす波動に注目していた。しかし、詩集『愛する時間が足りない』以後、彼の詩世界は、事物をめぐる想像力の波動より、事物自体に没入する様相を見せる。事物を意識の中に連れ込もうとすることに起因する精神的緊張感の強度は弱くなり、事物の引力に馴致しようとする戦略を取り始める。『光輝のささやき』の収録作もそのような変化の延長線上にある(パク・ヘキョン)。

詩集の中では、波動、波、光、無限、青、溢れる、風、湧き出る、のような詩語が頻繁に登場する。「花の時間　1」等の詩では、事物が絶えず流れ、波打ちながら言語の境界線を越えていくが、それは一種の自然礼賛のメッセージではなかろうか。

詩「詩がまさに押し寄せて来ようとするのだが」は、ダイナミックな想像力で生まれた作品である。世界は「窓」で、地球は「卵」、そして時間は「青い夜明けの波動」である。詩人に詩が訪れる瞬間は、詩人が詩を書こうとする時ではなく、予期せぬ瞬間に「押し寄せて」くるのである。詩が言葉に純化される前に、詩人を「覆いつくす無限」、その「無限」に「全身を染める」時、「詩は孵化する」のである。

詩「訪問客」は、韓国の人々から最も愛される作品の一つである。他者と接するというのは、自分自身の境界を越えることでありながら、他者の過去と現在と未来までも抱くことであるから、「風」のような謙虚な姿勢を強調している。他者に出会う前と後は、別世界である（キム・ヨンジュ）。

詩「女」のモチーフは母性と女性性である。言うまでもなく、人間はみんな女性（母）の体から生まれたが、その後、人間が構築してきた文明と歴史は、女性を言語の刑務所に閉じ込めるための長い道のりであった。自然を捨てて文明の刑務所に入り、人間は自分の内部の女性性をも失った。世界の起源である女性性を回復するため、「原初」に戻らざるをえない（パク・ヘキョン）。

詩「光輝のささやき」からは、人間の言語に表出できない「光輝のささやき」が詩的創造のエネルギーであり、「傷ついた」人を慰め、共感の涙を流し、孤独な魂を暖かく抱擁するのが詩の役割であるというメッセージが読み取れる。ジョン詩人は、苦しみと試練を乗り越え、トラウマを抱えている孤独な人の魂に浸透して慰安をもたらす詩を目指してきた（オ）。

初期のジョン詩人は実存主義的緊張感の詩的昇華を目指すことで、いつも新しい詩世界へと我々を導いてくれた。それゆえに二〇〇〇年代初期の韓国詩の読者は、浮薄な現実に耐えることができたといえる（ウ・チャンゼ）。いわゆるニューミレニアム期を迎えるまでの作品を集めたのが、詩集『耐えられない』である。

詩「依りかからず」の「斜めに互いを支え合っている」という生命現象に対する認識は、一九九〇年代のジョン詩人の詩作業の意味深長な結実の一つである。木と木、木と空気、木と人間、人間と空気が互いに斜めに依りかかって生きていく生態系がオブジェの中核である（ウ）。詩「耐えられない」で、詩人は歳月の流れと一緒に流れてゆくことに耐えられなくて苦しみながら、人間（史）のすべての変化とその変化に因る喪失感と懐かしさ、時間の「痕跡」「影」のような抽象性に耐えられないとパラフレーズしている（オ）。

世界は刺激性が高くて暴力的なものだけを求め、混濁と軽薄の傾向が増しているが、詩人もその流れから完全に自由ではいられない。こういう世の中で、精神のユートピアを夢見ようとする詩人の詩作の強度は並大抵ではなかっただろう。現象学的に見えるもの、聞こえるものだけを捉え、それ以外のものを消去してしまい、「無限の心」で「大空」を見ようとはしない世俗世界の混濁したリズムに浸潤されやすいからである。その「大空」を求める夢を描いたのが、詩「蛍光灯で太陽を照らす」である。

詩集『影に燃える』には、「本物」に達しにくい「もどかしさ」からうまれたさまざまな「影」が登場する。宝石の「荘厳で無限」の輝きが生み出す「幻影」、旅先での自己消滅の体験、恋愛の「眠り」、言葉の「影」など。

ジョン詩人は、私たち人類がこの地球で生きていけるのは、大地から湧き出る水のお蔭である、といったことがある。この考えが詩「泉を讃える歌」の詩的原点である。だから地上の「泉」を「神秘」と名づけ、「幼い時」の原体験を情景化しながら、そこに「思い出」を投影している。

詩「ああ、時間よ」は、時間の属性が「あらゆる形」と「あらゆる音」の中に遍在しながら、「動物」「樹」などに転化しつづけている、つまり時間の重層性がそのトポスである。

詩「影に燃える」では、雲が太陽を覆うことによって「小麦畑」にできた「影」を、「欲望」「心」「体」によって「大地」が「黒く焦げ」ていると置換させた（イ・ヘリ）作品である。

最新作を集めた詩集『どこかで涙が湧き出でて』について、詩集刊行後に詩人にインタビューした「世界日報」のキム・ヨンチュル記者は、ジョン詩人特有の羽のように軽く、青空のように爽やかな詩、そして、数行を読むだけすぐ充満感が感じられる詩、思索と統覚の詩、すら すら読めるが洞察力が潜んでいる詩が収録されていると評価する。

しかし、詩集のタイトルでもあり、表題作「どこかで涙が湧き出でて」には、今現在の世界現状に対する詩人としての宿業と詩的アポリアがデフォルメされているのであろう。この瞬間にも、世界の「どこかで」、戦争による第二、第三の「血だらけの子供」「オムラン・ダクニシュ」が生れつづけていることに、詩人の眼は縛り付けられているような気がする。

この詩集には収録されなかった「ああ、戦争」という最新作では、『すべての戦争は今すぐ、／世界のすべての場所で中断されるべきだ』」というバナ・アルアベドの言葉を、二回も、引用している。次に、その全文を載せる。

そうだ、／大量殺戮兵器を手にして／獰猛《どうもう》に脅かす悪魔たち／残忍な顔の狂人たちに／切に／切に言おう／アレッポのアンネ・フランク／バナ・アルアベド（七歳）の言葉／「すべての戦争は今すぐ、／世界のすべての場所で中断されるべきだ」／／そうだ、／あまりにも当然なこと／それほど当然なことなのに／それができずに／今日も戦争の脅威／戦争の悲惨さの中にある、／一人の子供を抱いて砲煙の中をくぐり抜けて／救い出し／別の子の死体の横で跪いて慟哭する／カメラマン・人権活動家のアブド・アルカディル・ハバクとともに／慟哭しながら言おう／「すべての戦争は今すぐ、／世界のすべての場所で中断されるべきだ」

＊本解説は、ジョン詩人の詩集の解説、そして研究書と研究論文を参照して書いたものであるが、出典を個別に提示せず著者の氏名だけを明記した。

主要参考文献

이광호 엮음『정현종 깊이 읽기』문학과지성사 1999

이영섭(외)『(정현종의 시세계)사람이 풍경으로 피어날때』문학동네 1999
정과리(외)『영원한 시작 : 정현종과 상상의 힘』민음사 2005
박정희「정현종 시 연구 : 공기 이미지를 중심으로」연세대학교 박사학위논문 2009
소필균「정현종 시의 인지시학적 연구 : 공간의 은유적 확장을 중심으로」전북대학교 박사학위논문 2014
오수연「정현종 시 연구」충남대학교 박사학위논문 2014
김중렬「정현종 시의 생명성 회복에 대한 연구」서울시립대학교 박사학위논문 2020

鄭玄宗《ジョン・ヒョンジョン》年譜

1939年
一二月、ソウル市龍山区で、父ジョン・ジェドと母バン・ウンリョンの三男一女のうちの三男として誕生。カトリック信徒である両親より洗礼を受ける。洗礼名はアルベルト。

1942年
父親の転勤に伴い、京畿道高陽郡シンド面ファジョンに引越す。中学校卒業までを過ごしたので、人生と文学の故郷といえる。

1946年
トクウン小学校に入学。二年生の時、演劇クラブ活動に参加。
五年生の時、韓国戦争勃発。

1953年
キリスト教財団のテグァン中学校に入学。ソウルまで汽車で通学。この頃から自然に親しみ、読書を始める。
中学校を卒業する頃、ソウル麻浦に引越す。

1956年
テグァン高校入学。一年生の頃よりカトリック教会に通わなくなり、精神的に彷徨うようになって、文学に関心を持つようになる。学校新聞の編集に携わり、文集に詩を発表。他の高校の生徒らと「文学祭」を開催し、自作詩朗読。高二の時から実存主義思想に傾倒。

1959年
延世大学哲学科に入学。

1960年
二年生になり、社会の現実や学校のキリスト教教育方針に抵抗的な考えを持つようになる。四・一九を迎える。
六月に学徒兵として志願入隊。

1962年
軍生活を終えて、二年生に復学。この頃から文学に本格的な関心を持つようになる。キム・スヨンの散文に好感を持つ。

1964年
五月、大学四年生となる。
『現代文学』に「和音」と「しかばねへ」で初の推薦を受ける。「いきなり対象の本質に迫り、その内的な存在の秩序と意味を新たに発見し、解釈する特異な知的鋭さを持っている」と評価された。

1965年
延世大学哲学科卒業。出版社である新太陽社に入社。
『六〇年代詞華集』という同人誌発刊。
三月、『現代文学』に詩「独舞」が二度目の推薦を受ける。
八月、『現代文学』に詩「夏と冬の歌」で推薦完了。

1966年
キム・ヒョン、キム・ジュヨンらと同人誌『四季』結成。（1968年から『68文学』に変更）

1970年
ソウル新聞に文化部記者として入社。

1972年
第一詩集『事物の夢』（民音社）出版。

1973年
維新憲法反対宣言文に署名したため、ソウル新聞社辞職。
ロバート・フロスト翻訳『火と氷』（民音社）出版。

1974年
アンソロジー『苦痛の祝祭』（民音社）出版。
W・B・イェーツ翻訳『初恋』（民音社）出版。
九月　米アイオワ大学の国際創作プログラムに参加。

1975年
中央日報入社。
散文集『飛べ、憂鬱な魂よ』（民音社）出版。

1977年
ソウル芸術専門大学文芸創作学科教授に就任。

1978年
第二詩集『私は星のおじさん』（文学と知性

社）出版。この詩集で〈韓国文学作家賞〉受賞。

1979年
クリシュナムルティ翻訳『既知からの自由』（チョンウ社）出版。

1982年
延世大学国文科教授に就任。
アンソロジー『月よ、月よ、明るい月よ』（知識産業会社）出版。
散文集『息と夢』（文学と知性社）出版。
一〇月、スウェーデンのストックホルム大学とフィンランドのヘルシンキ大学で開催された「韓国現代文学フォーラム」に参加。

1984年
第三詩集『落ちて跳ねるボールのように』（文学と知性社）出版。

1987年
一月、パブロ・ネルーダ誕生一〇〇周年記念でインドにて開催された「世界詩人フェスティバル」に参加。

1989年
第四詩集『愛する時間が足りない』・随筆集『生命の恍惚』（世界社）出版。
パブロ・ネルーダ翻訳『二十の愛の詩と一つの絶望の歌』（民音社）出版。

1990年
第三回〈燕巖文学賞〉を受賞し、アンソロジー『人で込み合う知は悲しい』（文学と批評社）出版。
六月、アメリカのフィットランド財団がサンフランシスコで開催した文学会議の韓国文学分科に参加。

1991年
「韓国代表詩人100人選集」の一つとしてアンソロジー『人々の間に島がある』（未来社）発刊。

1992年
第五詩集『一輪の花房』（文学と知性社）出版。韓国内で起こった環境生態問題を主に扱う。
この詩集で、第四回〈李箱文学賞〉受賞。

1993年
文学と知性社とウギョン文化財団が支援し、ペルーのカトリック大学が主催した韓国文学シンポジウムに参加。

1994年
アメリカカリフォルニアのUCLAで三月から一学期間、講義を担当。
ガルシア・ロルカ翻訳『川の白昼夢』（民音社）出版。

1995年
第六詩集『世の中の木々』（文学と知性社）出版。

1996年
詩集『世の中の木々』で、第四回〈大山文学賞〉受賞。

アンソロジー『露』（文学と知性社）出版。
一〇月、ドイツのベルリンとハンブルクで開かれた「韓独作家交流大会」に参加。

1997年
ドイツ語詩集『Unter Den Menschen ist eine Insel（人々の間に島がある）』（VERLAG Am HOCKGRABEN）出版。
一〇月、ロシアのペテルブルク大学の東洋学研究所で開催したセミナーに参加し、韓国抒情詩の動向について発表。

1998年
〈現代文学賞〉受賞。
英語詩集『Day-Shine（日差し）』（Cornell University）出版。

1999年
第七詩集『渇きであり、湧水である』（文学と知性社）出版。
一二月、還暦記念『ジョン・ヒョンジョン全詩集』（全二巻、文学と知性社）出版。

2000年
パブロ・ネルーダ翻訳『ネルーダ　アンソロジー』（民音社）出版。

2001年
〈未堂文学賞〉受賞。

2002年
パブロ・ネルーダ翻訳『100編の愛ソネット』（文学トンネ）出版。

2003年
散文集『飛べ、バスよ』（百年クルサラン）出版。
2004年
〈空超文学賞〉受賞。
〈パブロ・ネルーダメダル〉受賞。
2005年
二月　延世大学定年退職。
2006年
〈耕岩賞（芸術部門）〉受賞。
2007年
パブロ・ネルーダ翻訳『二十の愛の詩と一つの絶望の歌』（民音社）・『充満した力』（文学トンネ）出版。
2008年
第八詩集『光輝のささやき』（文学と知性社）出版。
英語詩集『The Dream of Things（事物の夢）』（Homa & Sekey Books）出版。
2009年
アンソロジー『島』（文学パン）出版。
2012年
スペイン語詩集『Murmullos de gloria（光輝のささやき）』（Verbum）出版。
2013年
第九詩集『耐えられない』（詩と詩学社）出

版。
パブロ・ネルーダ翻訳『質問の本』（文学トンネ）出版。

2015年
第十詩集『影に燃える』・散文集『重厚な人生のために』（文学と知性社）出版。
〈銀冠文化勲章〉受賞。
〈万海文芸大賞〉受賞。

2018年
英語詩集『Whisper of Splendor（光輝のささやき）』（Homa & Sekey Books）出版。

2019年
中国語詩集『島』（暖暖書屋）出版。

2022年
第十一詩集『どこかで涙が湧き出でて』（文学と知性社）出版。

鄭玄宗　ジョン・ヒョンジョン

詩人。韓国芸術院会員。延世大学哲学科を卒業後、出版社と新聞社を経て、延世大学国文科教授を務める。一九六五年、『現代文学』を通じて登壇し、一九七二年、第一詩集『事物の夢』を上梓。以後、二〇二二年『どこかで涙が湧き出でて』まで十一冊の詩集を刊行。パブロ・ネルーダなどの海外文学作品の翻訳に尽力する。〈大山文学賞〉〈未堂文学賞〉ほか、二〇〇四年の〈パブロ・ネルーダメダル〉など、国内外の各文学賞を受賞。

青木由弥子　あおき・ゆみこ

詩人、評論家。学習院大学文学部哲学科卒業、早稲田大学大学院文学研究科美術史学修了。詩集に『星を産んだ日』『しのばず』、評論に『伊東静雄―戦時下の抒情』。

徐載坤　ス・ゼコン

韓国外国語大学日本語通翻訳学科教授。韓国啓明大学校日文科卒業。東京大学大学院国文科卒業。文学博士。日本近現代詩が専門。韓国の現代詩を積極的に日本に紹介している。論文に「茨木のり子詩考察――戦争表象を中心に」ほか。著書に『日本詩人』と大正詩――〈口語共同体〉の誕生――』（共著）、訳書に呉世栄著『千年の眠り』（林陽子共訳）。

林陽子　はやし・ようこ

仁徳大学語文社会学部副教授。専門は韓日比較文学。おもな研究実績に「韓国近代文壇と日本文学」、訳書に金素月著『つつじの花』、呉世栄著『千年の眠り』（徐載坤共訳）。

どこかで涙が湧き出でて

二〇二四年十一月二十八日初版第一刷発行

著　者　鄭玄宗《ジョン・ヒョンジョン》
訳　者　徐載坤《ス・ゼコン》・林陽子
監　修　青木由弥子
装　丁　長田年伸
発行者　上野勇治
発　行　港の人
神奈川県鎌倉市由比ガ浜三―一一―四九
郵便番号二四八―〇〇一四
電話　〇四六七―六〇―一三七四
FAX　〇四六七―六〇―一三七五
印刷製本　シナノ印刷
ISBN978-4-89629-449-1